Avant Que Les Feuilles Tombent

Junold Saint-Cyr

Ukiyoto Publishing

All global publishing rights are held by

Ukiyoto Publishing

Published in 2022

Content Copyright © Junold Saint-Cyr

ISBN 9789362692269

All rights reserved.
No part of this publication may be reproduced, transmitted, or stored in a retrieval system, in any form by any means, electronic, mechanical, photocopying, recording or otherwise, without the prior permission of the publisher.

The moral rights of the author have been asserted.

This is a work of fiction. Names, characters, businesses, places, events, locales, and incidents are either the products of the author's imagination or used in a fictitious manner. Any resemblance to actual persons, living or dead, or actual events is purely coincidental.

This book is sold subject to the condition that it shall not by way of trade or otherwise, be lent, resold, hired out or otherwise circulated, without the publisher's prior consent, in any form of binding or cover other than that in which it is published.

À la mémoire de ma mère

Pour Marjorie et Sissi
Les deux piliers qui me restent

« Il y a si tellement beaucoup de pauvres créatures qui hèlent le bon Dieu de tout leur courage que ça fait un grand bruit ennuyant et le bon Dieu l'entend et il crie : quel est, foutre, tout ce bruit ? Et il se bouche les oreilles. C'est la vérité et l'homme est abandonné. » Jacques Roumain.

Table des matières

Au Lecteur	1
Pays Sans Chapeau	2
Vaudou	3
Dessalines	4
La Perfide	5
Le Répugnant	6
Port - Salut	7
IL Ne Faut Pas Pleurer	9
Le Pays Glisse	10
Tes Yeux	12
Rêves Perdus	14
Je Condamne	15
Mère	17
Une Étoile S'est Éteinte	18
Crise Sans Fin	20
La Port - Salvienne	21
Ce Pays Qui M'habite	23
Père	24
La Mort Lente	25
Mère Patrie	27
Adieu Évelyne	28
L'espérance	29
Si J'étais	30
Destin Bossale	31

Est-Ce Que Ça Dérange ?	32
Témoignage	34
Gangs	35
Triste Fin	36
Petit Ange	38
Deuxième Exil	40
En T'écrivant Ces Vers	41
La Folie Du Pouvoir	43
L'État Lâche	45
La Femme	46
Enfer Tropical	47
12 Mars	48
La Force Des Mères	50
Vers D'espoir	52
Décombres	53
Lucifer	54
Le Guitariste	55
Le Battant	56
Petite Fleur	58
Lenfant Bleu	59
Elle	61
Vague À L'âme	63
Le Bal Des Larbins	64
Les Restes	65
Nostalgie	67
La Force Des Mots	68

Vers Pétrocaribe	71
J'accuse	73
Gold Digger	75
L'homme Naît Bon	76
L'été	78
Ils Ont Volé Mon Vote	79
Sa Mère L'homme Quittera	81
Confinement	82
Dieu Est Mort	84
La Résurrection	86
Cri Du Coeur	87
Que Deviendrait Le Poète?	90
About the Author	*91*

Au Lecteur

J'écris pour raconter
Laisser mon âme pleurer
J'écris les temps qui s'agitent
Les sentiments qui m'habitent

J'écris mes états d'âme
Mes moments de vague à l'âme
J'écris pour parler sans encombre
Sortir ma poésie de l'ombre

J'écris la détresse de mon pays
Les tourments de mon esprit
J'écris les maux qui me tracassent
Les cris du temps qui passe

J'écris les joies qui m'émerveillent
Les souffrances qui éteignent mon soleil
J'écris avant que les feuilles tombent
Le chant des mots qui défilent en trombe.

Pays Sans Chapeau

Nos espérances de changement
Sont emportées par l'horrible temps
De la saison des balles qui chantent
La mort d'une société déliquescente

Les gangs armés somalisent la cité
Sous nos yeux apeurés et résignés
La mort de l'homme un simple détail
Pour des bandits à cravate au gouvernail

À chaque crime à chaque peine abyssale
La ritournelle de l'indignation nationale
Nous revient en tête avec véhémence
La justice ne suit jamais la cadence

Malgré nos rêves de bien-être brisés
Et nos espoirs maintes fois assassinés
Demain comme toujours on oubliera
En attendant le prochain assassinat

Alors on s'indignera de nouveau
Sans bouger les lignes du statu quo
Ainsi va la vie avec son goût de fiel
Dans ce triste pays d'impunité éternelle.

Vaudou

Je suis bien né avec une âme vaudou
Héritée de mes ancêtres africains
Ayant servi dignement Legba et Ogou
L'esclavage et la traite m'ont rendu chrétien

Aux pauvres en esprit est le Royaume des cieux
Ainsi on m'a forgé une pénible destinée
Ma vie de misère c'est la volonté de Dieu
Révélée dans la Bible je dois donc l'accepter

On m'a donné de la fiente de poule pour des œufs
Durant des siècles j'ai chanté des louanges
Et je me suis agenouillé devant un Dieu
Qui hélas ne m'a jamais rendu le change

On m'a imputé la malédiction de Cham
En faisant de mes chaînes une bénédiction
Pour mieux éteindre la flamme de mon âme
On m'a saigné à blanc dans les plantations

Au nom de l'Évangile d'un Dieu fait homme
L'abominable crime a longtemps perduré
Le Christianisme a fait de moi une bête de somme
Bois-Caïman m'a rendu mon humanité.

Dessalines

Le dix-sept octobre ramène chaque année
Ton lâche assassinat par les premiers conzés
Mais dans notre mémoire tu vis éternellement
En mille-huit-cent-quatre tu nous as rendus grands

En brisant en miettes nos chaînes de l'esclavage
Pour nous donner un pays libre en héritage
Tu as donné au monde la plus belle révolution
Celle des va-nu-pieds contre d'ignobles colons

Comme le grand poète Félix Morisseau-Leroy
Auteur d'un poème hommage écrit pour toi
Nous saluons ta bravoure et te disons merci
À notre tour pour le sacrifice de ta vie

Les pauvres Nègres dont les pères sont en Afrique
Jusqu'à présent n'ont rien dans la République
La défaite infligée à l'ennemi à Vertières
Nous cause aujourd'hui encore tant de misère

La liberté acquise au prix du sang versé
A été attaquée par une lourde indemnité
La dette de cent cinquante millions de francs-or
A cassé nos ailes avant de prendre notre essor.

La Perfide

La perfide a voulu clouer au pilori
La fille franche par des paroles malveillantes
Pourtant hier encore elle était sa bonne amie
Une amitié fausse d'une méchanceté criante

Démasquée alors dans ses intentions suspectes
Elle quête maintenant une oreille pour justifier
Les élucubrations de sa conduite abjecte
De maison en maison comme une folle à lier

Ses mensonges ressemblent au venin mortel
Du plus dangereux tueur des vipéridés
Et traduisent une névrose obsessionnelle
Qui n'a d'égal que les pauvres esprits bornés

Au loin l'écho de la calomnie meurtrière
Déverse mille infamies sur l'amie de jadis
Victime de la mutation grave de la matière
Grise d'une perfide en dépôt d'immondices.

Le Répugnant

Toute bonne action doit être désintéressée
Pour un homme qui la pose de bon cœur
Voilà qu'il voulait passer pour un grand sauveur
À travers une aide ô combien empoisonnée

Il est bien connu pour son côté hâbleur
Cherchant constamment d'attirer la lumière
Quand l'histoire s'écrit toujours à sa manière
Pour le mettre en valeur et recevoir des fleurs

Une parente âgée était tombée très malade
Il a donc profité de ce temps de faiblesse
En dissimulant sa grande scélératesse
Pour lui offrir sa bienveillance de façade

Ainsi est venue cette aide mystificatrice
De ce grand sournois à l'âme vile et répugnante
Sautant sur la maladie d'une femme souffrante
En fin de vie pour mieux calomnier ses fils.

Port - Salut

En cette saison froide en exil
Si loin de l'odeur de ma terre
Du soleil tropical et de mon île
La nostalgie me laisse un goût amer

Mon esprit voyage jusqu'au Sud
Où mes pas caressent le sable blanc et chaud
Pendant que mes yeux pleins de sollicitude
Lorgnent les baigneuses pulpeuses sans repos

Ici et là des moments d'intense drague
Dans les bras d'une mer bleu azur
Au son de la musique des vagues
Port-Salut charme et invite à l'aventure

À la plage l'odeur des fruits de mer
Grillés sur charbon de bois est un bouquet
De bienvenue de la commune centenaire
Aux visiteurs conquis par ses nombreux attraits

À la fête patronale de Saint-Dominique
Les habitants amicalement offrent le gîte
Le soir venu la fusée d'or le grand Tropic
De son *konpa roussi* nous transporte en orbite

En cette saison froide en exil

Mon cerveau est plein de remembrances
Du soleil chaud et des parfums de mon île
De Port-Salut ma ville mon enfance.

IL Ne Faut Pas Pleurer

Si un jour ma main lâche la tienne
Pour simplement m'envoler
Mettant ainsi fin à ma grande peine
Mon enfant il ne faut pas pleurer

Si tu crois que je t'abandonne
C'est que je ne pouvais plus lutter
Mon affection pour toi à jamais rayonne
Mon enfant il ne faut pas pleurer

Si un beau matin je ne suis plus là
Sache que mon amour reste entier
La vie peut-être dure parfois
Mon enfant il ne faut pas pleurer

Laisse le sourire couvrir ton visage
C'est là le bien le plus sacré
Pour mon âme avant l'ultime voyage
Mon enfant il ne faut pas pleurer.

Le Pays Glisse

Sous nos yeux impuissants
Malheureusement au fil des ans
Le pays glisse dans l'infernal
Et le profond abîme du mal

La vie ne tient qu'à un fil
Que l'assassin à la gâchette facile
Peut faucher impunément
D'un cruel et simple mouvement

Les désœuvrés de la société
Négligés dans les quartiers malfamés
En manque d'honnêtes modèles
Se transforment rapidement en criminels

Propulsés sur le devant de la scène
Par les médias sociaux friands de l'obscène
Ils se font psychopathes et sèment la mort
Sans compassion et sans remords

Maintenant le pays tant aimé
Est horriblement trop armé
La police sous-équipée et sous-payée
Regarde passer la mort les bras croisés

Et la femme aux yeux bandés
Longtemps méprisée et outragée
Reste muette comme une tombe
Lentement le pays succombe.

Tes Yeux

Sur un banal terrain de foot
À Port-Salut
Ville bordée par la mer
Je me suis noyé
Dans la profondeur de tes yeux
Un après-midi d'été
De grande chaleur du mois d'août

Le match ne comptait guère
Autour de moi le néant
Mon regard ébloui
Était sous le charme seulement
Du scintillement de ta silhouette
Qui illuminait le temps et l'espace
Telle une percée du soleil de minuit
Dans un ciel d'ombre tenace

J'étais foudroyé en un instant
Par la mystique de l'éclat
D'une beauté naturelle sans flafla
Dont les rayons envoûtants
Aussi sublimes que la lueur du jour
Pouvaient faire pleurer d'amour
Et soumettre sur ses genoux
Le grand Ogou

Mon cœur enchaîné
Dans la profondeur de ta beauté
Il t'a fallu d'un après-midi d'été
De grande chaleur du mois d'août
Pour me rendre fou
Et tes cheveux couleur d'ébène
Bordant ton visage de reine
S'enroulèrent tel un ras-de-cou
Orné d'amour et de désirs
Doucement autour de mon cou
Pour le meilleur et pour le pire.

Rêves Perdus

Comme ce pays ma vie n'est que souffrance
La tragédie m'assaille l'espoir m'est interdit
Il me faut exister sans trouver mon essence
Le bonheur un vain mot qui à la hâte me fuit

Qu'on sonne le lambi pour un funèbre voyage
L'horizon s'assombrit je me dois de partir
Au pays sans chapeau pour apaiser ma rage
De mes espoirs vains la mort devient l'avenir

À quoi bon de vivre si mon pays n'est plus
Quand l'orgueil national disparait dans nos têtes
Sous l'assaut d'une pluie d'hommes corrompus
Sans la passion de la patrie qu'ils maltraitent

À quoi bon de vivre si mon pays n'est plus
Quand il me faut cent gourdes pour un dollar
Afin de noyer dans le tafia mes rêves perdus
De peuple auréolé d'une glorieuse histoire.

Je Condamne

Je condamne l'arrogance de l'Occident
Qui emmène sa supériorité d'homme Blanc
Partout et sa politique de va-t-en-guerre
Pour dominer et voler les peuples de la terre

Je condamne cet Occident impérialiste
Qui déroule le tapis rouge aux fascistes
Favorables à ses ambitions mercantiles
Sans égard à la liberté qu'ils annihilent

Je condamne le terrorisme économique
De l'Occident et ses ravages sur l'Afrique
Où des millions d'affamés et privés d'eau
Ne font pas la une des médias mondiaux

Je condamne cet Occident moralisateur
Qui confine l'Afrique à la pire des horreurs
Avec des dirigeants nègres de service
Pour l'empêcher de remonter du précipice

Je condamne cet Occident sans grandeur d'âme
Marchand d'armes armant le Boko-Haram
Créateur de Daech et ces bombes humaines
Qui explosent sur des innocents la haine

Je condamne pour le salut de l'humanité

La violence des puissants contre les révoltés
La démocratie dévoyée par les dictateurs
Qui noient l'âme des peuples en quête du bonheur.

Mère

Son cœur si grand
Immense comme le firmament
Marathonienne de la vie quotidienne
Oubliant ses propres peines
N'est-ce pas elle debout la nuit
Enfant pour apaiser tes cris?

Une Étoile S'est Éteinte

Une étoile s'est éteinte
À l'aurore d'une journée au goût d'absinthe
Le ciel a repris ce qu'il avait donné
Plongeant dans la tristesse mon cœur résigné

Depuis lors je cherche mes mots
Dans mon âme en sanglots
Pour crier au monde ma souffrance
Devant la funeste absence

La destinée cruelle t'a fait passer
De l'autre côté vers ce passage obligé
Sans même me laisser le temps
D'un adieu en cet ultime déplacement

Dans le silence de mes nuits
De chagrin ton image m'envahit
Et quand les larmes me submergent
Je me console par ta foi en la Sainte Vierge

De là-haut où maintenant tu vis
Ta nouvelle vie d'ange au paradis
Tu me couvriras de tes ailes protectrices
Une mère n'abandonne jamais son fils

Si aujourd'hui vivant je suis

C'est que tu as été donneuse de vie
Dans la douleur et dans les cris
Envers toi mon amour infini.

Crise Sans Fin

Le développement nous regarde de loin
Depuis que les premiers conzés assassins
Ont fait taire dans l'œuf l'idéal dessalinien
La crise haïtienne nous apparaît sans fin

La jeunesse s'exile dans des pays lointains
Espérant trouver de meilleurs lendemains
Dans sa Mère patrie l'avenir est incertain
Il ne pleut pas du bonheur au petit matin

Délaissé dans sa crasse après chaque scrutin
Privé du minimum dans les quartiers malsains
Que faire pour changer le cours du destin
De ce peuple au passé glorieux de jacobin

Des leaders politiques en peau de lapin
Dramaturges et acteurs de notre chagrin
Font du pays de Dessalines l'homme d'airain
Une usine de corrompus et de malandrins

Le sang versé à Vertières l'a-t-il été en vain
Dans la lutte pour tracer notre propre chemin
Du bien-être collectif des fils de Toussaint
Si toujours l'étranger nous brise les reins.

La Port - Salvienne

Lorsque je pense à son sourire sublime
Le temps s'arrête rien ne bouge rien ne rime
Je me sens envahi d'un sentiment suprême
Qui pénètre mon âme tel un violent poème

Lorsque je l'imagine à n'en plus finir
Mon cœur est tourmenté son regard me chavire
Je m'abandonne à ce monde onirique
Porté par la douceur d'un moment si magique

Alors je la vois de ses pas envoûtants
Sur la plage caressant le sable blanc
Pendant qu'à ses côtés épris de sa beauté
Je la prends dans mes bras pour ne plus la quitter

Je la vois partout où m'emporte le rêve
Transperçant mon cœur d'un joli coup de glaive
De Lazare à Jaboin de Dumont à Barbois
Port-Salut m'appartient je me sens comme un roi

Chapeau de paille lunettes de soleil posture noble
Elle rayonne de lumière sous le regard ignoble
De quelques médisants pendant qu'avec constance
Me ramène toujours à ses pieds sa prestance

Je voudrais l'embrasser d'un doux baiser de rêve
Respirer le parfum de son corps sans trêve
Dans un lit d'amour et sentir la chaleur
De sa peau envelopper doucement mon cœur

Si d'aventure vous la croisez quelque part
Faites-lui donc savoir que je rêve d'elle très tard
Durant mes nuits froides de vague à l'âme
La Port-Salvienne femme entre toutes les femmes.

Ce Pays Qui M'habite

Il existe cette terre où Thémis a les mains liées
Devant les pilleurs de l'État libres comme l'air
Mais la dureté de sa poigne est sans pitié
Quand elle veut s'abattre sur les pauvres hères

Les gros bonnets sont là et bombent le torse
Circulent paisiblement à travers nos rues sales
Méprisent le petit peuple à bout de force
Sans eau potable ni hôpitaux et crevant la dalle

Le ciel de ce pays est de plus en plus gris
Dans les quartiers pauvres la vie ne vaut rien
Le son des balles hante nos funèbres nuits
Jeunes et vieux tombent comme des chiens

Des millions d'hommes ne mangent pas à leur faim
Là où jadis les vivres poussaient en abondance
Un pays agricole détruit par des crétins
Qui mendient sébile en main notre subsistance

Des cris s'élèvent du cœur brisé de nos mères
Et de nos filles victimes d'un État failli
Livrées à elles-mêmes et aux désirs pervers
Des gangs le corps souillé l'honneur flétri à vie.

Père

Comme le temps passe vite
Un homme dans mon cœur habite
Bienveillant éternellement
Autour de lui s'assoient des enfants
Il raconte des histoires avec fièvre
Nous l'écoutons suspendus à ses lèvres.

La Mort Lente

Le fleuve ne se jette qu'à la mer
L'homme n'est que poussière
Chacun attend son temps pour traverser
Vers l'autre monde un passage obligé

La Faucheuse a pris mon père
En fermant à jamais les paupières
D'un homme de paix au cœur d'or
Transporté au ciel son âme dort

En attendant mon tour pour voyager
Il y a dans ma tête ces images gravées
D'une fin de vie qui me hante
Les images pénibles de la mort lente

Je maudirai jusqu'à la fin des temps
Ce mal réduisant l'esprit à néant
De l'homme sans la mémoire de son passé
Ni le souvenir de ses enfants tant aimés

Un jour je retrouverai mon père au ciel
Dans la douceur de son amour paternel
Au-dessus des montagnes de Port-à-Piment
Où je ferai la connaissance des ascendants

Au milieu des sages qui l'ont précédé

J'écouterai encore une fois à la nuit tombée
Ses aventures qui ont bercé mon enfance
Dans la force retrouvée de sa souvenance.

Mère Patrie

J'ai entendu des passants parler d'elle
Cette mère décédée un triste matin
Partie dans la douleur vers une vie éternelle
Qui la délivre enfin de son immense chagrin

Elle a connu la gloire avant sa déchéance
Jusqu'à sa mort brutale par des fils indignes
Qu'ils aillent au diable ces marchands de conscience
Politiciens pourris qui n'apportent que la guigne

Elle a vécu longtemps dans un profond tourment
Avec le grand souhait de voir se donner la main
Ses enfants englués dans un duel permanent
Rien que pour des miettes sans penser à demain

Je l'ai connue cette femme elle rêvait de l'Éden
Maintenant vers le ciel son âme est partie
Après avoir mené tant de luttes devenues vaines
Là-haut elle connaîtra la jouissance de la vie.

Adieu Évelyne

Mon cœur de père saigne à grosses gouttes
Ce pays de temps à autre me dégoûte
Les voix pleurantes implorant la clémence
Des kidnappeurs témoignent de notre impuissance

Ta mort atroce choque la conscience citoyenne
Tant elle nous remplit d'une indicible peine
Ton corps inerte nu balancé aux fatras
Une vie brutalement éteinte par des malfrats

Chère enfant je veux croire dans la force des morts
Revenant tourmenter ceux qui tuent sans remords
Poursuis-les tour à tour jusqu'aux portes de l'enfer
Sans relâche ces âmes damnées au cœur de pierre

Que ta vengeance soit ferme et impitoyable
Ici-bas la justice est un déchet putréfiable
Beaucoup de nos morts sont vite oubliés
Pendant que notre sang continue à couler

Ta jeunesse aurait pu être la belle image
D'une Haïti vivante face aux gangs sauvages
Ton sourire aurait pu être le beau miroir
D'une Haïti nouvelle et remplie d'espoir.

L'espérance

Comme l'ouragan qui s'abat sur la ville
Laissant derrière lui une population en peine
Voilà qu'il est venu ce jour où la déveine
Se déchaîne sur une vie déjà si fragile

Quand on est un battant dont l'élan est cassé
J'imagine ton chagrin face à ce coup du sort
Et personne ne peut dès lors te donner tort
D'en vouloir la rage au cœur à l'univers entier

En cet instant grave où le corps t'abandonne
Désirant faire de toi ce que tu ne veux pas être
Il faut garder espoir de vaincre ton mal-être
Sur tes membres affaiblis que la force rayonne

Puisque la vie est un combat permanent
Tu dois retrousser tes manches et livrer bataille
Afin de l'emporter sur ce mal qui t'assaille
Invoque le Tout-Puissant régnant au firmament

Face aux épreuves il ne faut pas baisser les bras
Le combat que tu mènes il est aussi le nôtre
Toi qui te nourris de la foi des Apôtres
Garde la tête haute pas à pas tu vaincras.

Si J'étais

Si j'étais un grand poète
Je t'écrirais comme Davertige
Avec les mots qui dansent dans ma tête
Une poésie de haute voltige

Si j'étais un grand chanteur
Comme l'immortel Roger Colas
Je te chanterais du fond du cœur
Une sérénade jusqu'à perdre la voix

Si j'étais ensorcelé
Comme la montagne de Jacques-Roumain
Je serais un Gouverneur de la rosée
À la croisée de nos destins

Si j'étais un résistant
Comme l'écrivain Jacques Stephen-Alexis
Je sacrifierais l'espace d'un cillement
Pour ton bonheur ma propre vie

Si j'étais un chrétien pieux
Je m'inclinerais au son de l'angélus
Tous les jours devant le Fils de Dieu
Pour ce cadeau digne de Vénus.

Destin Bossale

Je suis un va-nu-pieds sans nom
Fils de combattants nègres marrons
Abandonnés après la grande révolution
Par les élites se faisant nouveaux colons

Je vis comme une bête au bord des ravins
Dans des taudis avec des porcs pour voisins
Les pleurs d'enfants souffrant de kwashiorkor
Résonnent çà et là et attristent mon décor

Je me lève tous les matins les yeux livides
Le ventre vide et mon visage chargé de rides
Porte la marque de la misère insupportable
Les assiettes sont vides sur ma table

Le bonheur s'éloigne de ma porte
S'envole comme des feuilles mortes
Qu'on balaie aux fatras la faim me tenaille
Mon estomac a soif de victuailles

Depuis la mort de l'idéal dessalinien
Je cherche en vain le bien-être qui me revient
Trahi par l'égoïsme de mes frères jacobins
Je vis en paria sans même un lopin.

Est-Ce Que Ça Dérange?

Est-ce que ça dérange
De couvrir une ravissante beauté
D'un concert de louanges
Jusqu'à ce qu'elle en soit troublée?

Est-ce que ça dérange
De me prendre pour Casanova
En la regardant de cette façon étrange
Comme une invitation à des ébats?

Est-ce que ça dérange
Quand le sourire d'une femme
Me transperce comme une alfange
Pour faire jaillir l'amour de mon âme?

Est-ce que ça dérange
Quand une créole pulpeuse
Provoque en moi un mélange
De rêve et de passion vicieuse?

Est-ce que ça dérange
De vouloir dessiner son visage
Comme le peintre Michel-Ange
Sur le sable chaud de mon rivage?

Est-ce que ça dérange

D'écrire une poésie qui décrypte
L'éclat de sa chevelure en frange
Sur son front de reine d'Égypte?

Est-ce que ça dérange
De n'être jamais rassasié
Pendant que d'autres mangent
S'empiffrent à ventre déboutonné ?

Est-ce que ça dérange
De grelotter dans mes nuits hivernales
Alors que d'autres rient aux anges
Et se prélassent sous le soleil tropical?

Est-ce que ça dérange
Quand la clarté du ciel s'obscurcit
Au-dessus de ma tête et engrange
Des nuages noirs de mélancolie?

Est-ce que ça dérange
Quand la route de mes folles envies
Est faite d'espoir qui s'effrange
Sous les déceptions d'une triste vie?

Témoignage

Au temps de l'épuisement de mon corps
Et de mon esprit tes yeux clairs de lune
Ont conquis mon cœur perdu dans la brune
Tu m'as ressuscité d'entre les morts

Ange gardien de mon ciel longtemps voilé
Tu m'as aimé profondément comme Dieu
Aime ses enfants riches ou gueux
À coups de bonheur tendrement renouvelé

Envers toi je n'ai pas toujours été bon
Te faisant pleurer parfois à chaudes larmes
Mon cœur plein de regrets se désarme
Et implore aujourd'hui ton pardon

Au tribunal divin à l'appel de mon nom
Au jour annoncé du jugement dernier
Je témoignerai de ton amour passionné
Avant de recevoir ma juste punition.

Gangs

Ils embrassent le crime corps et âme
Fauchant des bébés des vieillards et des femmes
Dans l'indifférence d'un peuple de zombis
La cité vit à l'ère grave du tout est permis

Les gangs rivaux se sont fédérés
Sous le patronage des hautes autorités
La confiscation du pouvoir n'a pas de prix
Quitte à provoquer la mort lente du pays

La société civile ne sort plus ses griffes
Pour dénoncer avec ce langage agressif
Comme jadis au temps du prêtre rebelle
La conscience est devenue optionnelle

Des dérives les courtisans s'accommodent
Fermant les yeux sur les crimes et sur l'exode
De notre peuple devenu ailleurs une race flétrie
Quand misère et violence le chassent de son pays

Dans les bas-quartiers le sang coule vermeil
On ferme les yeux et on bouche les oreilles
Pour ne pas voir ni entendre le grand désespoir
De nos frères misérables passés à l'abattoir.

Triste Fin

Une immense douleur
Qui fend l'âme
La mère pleure
Le départ de son fils
Victime innocente des bandits infâmes
Dans un pays où vivre est un supplice

La nouvelle déchire le temps
Qui s'arrête
Pour laisser monter l'indignation
Dans les entrailles en miettes
Le fils baigne dans son sang
Fauché fatalement
Par des balles assassines
En plein jour sous nos yeux
À coups de carabine
A lieu le crime odieux

Partout le deuil
La violence dépasse le seuil
De la tolérance la mort soulève
Les cœurs des cris s'élèvent
Qui pourquoi comment
Des questions sans réponse
La justice pionce
Le fils baigne dans son sang

Fauché prématurément
Et sur le visage attristé
De la mère inconsolable
S'égrènent des dures journées
De larmes intarissables.

Petit Ange

Regard candide de l'enfant
Séparé de l'amour de ses parents
Livré par la misère
Aux corvées ménagères
Pieds et mains sales dès l'aurore
Jusqu'au crépuscule
Dans la fragilité de son corps

Regard de l'enfant maltraité
L'innocence volée
Retour de l'horrible image
Rouvrant la plaie
D'un passé douloureux
Quand nos ancêtres malheureux
Sous le joug de l'esclavage suffoquaient

Regard de l'enfant perdu
Reflet de l'innommable abus
D'un passé toujours présent
Avec de nouveaux maîtres malveillants
Femmes et hommes vils
Exploitant la force des petits anges
De plus de deux-cent-mille

Comment construire l'avenir
Quand la nation refuse de guérir

Ses maux qui l'empêchent de grandir
Comment tuer un peuple devenu lâche
Qui a marqué l'histoire
Sinon qu'à coups de hache
Plantés dans sa mémoire.

Deuxième Exil

Crachant sur la victoire des héros de Vertières
Des laquais antinationaux sans conscience
Avaient saboté pour le plaisir des colons d'hier
Le Bicentenaire de notre Indépendance

Le deuxième exil était alors présenté
Par les réactionnaires comme la renaissance
Attendue de la nation enfin libérée
Du mal qui lui causait tant de souffrances

Aujourd'hui c'est la descente aux enfers
Même la rue ne nous appartient plus
Le contrat social s'effrite en urne funéraire
D'un peuple abandonné aux bandits qui le tuent

Le deuxième exil n'était pas une renaissance
Mais une énième victoire encore pour les nantis
Réfractaires à l'enracinement de toute mouvance
Populaire pour le bien-être des plus démunis.

En T'écrivant Ces Vers

En t'écrivant ces vers
Je me rappelle cette belle journée d'été
Quand tu m'as ébloui par ta beauté stellaire
Mon ravissement jusqu'à présent est entier

En t'écrivant ces vers
Je remémore le passé et mon cœur sourit
Envoûté par l'éclat de tes yeux de lumière
Le temps s'envole le poète toujours te chérit

En t'écrivant ces vers
Je veux chanter ma joie d'être ton complice
Au quotidien et je me sens déjà très fier
Comme le chantait Tabou pour Gladys

En t'écrivant ces vers
Je revois notre premier baiser éternel
Comme une barrière aux thuriféraires
De ta beauté et de leurs paroles de miel

En t'écrivant ces vers
Un profond sentiment de reconnaissance
S'empare de mon âme tout entière
Car partager ta vie est une chance

En t'écrivant ces vers

Je sais pour toi est suffisant un simple geste
Ainsi j'offre ce poème à ton fier caractère
Et à ton cœur grand comme la voûte céleste.

La Folie Du Pouvoir

Nous assassinons l'Empereur
Deux ans après l'indépendance
Pour accaparer les richesses
Laissées par les anciens exploiteurs
Plongeant alors dans la détresse
Les bossales venus du Dahomey
Combattants de la liberté

Notre histoire est jalonnée
De coups bas et de trahisons
Menés par des conzés
Qui nous font marcher à reculons
Dans une division perpétuelle
Incapables de dépasser
Nos petits intérêts personnels
Le succès se mesure à l'aune
Du pillage quand on accède au trône

Nous nous unissons pour la pagaille
Pour manifester et s'opposer
Le temps d'une bataille
Pour barrer le chemin
Par tous les moyens
À l'occupant contesté du Palais
Pour ensuite déchirer dans l'excès
L'unité comme des chiens enragés

Une fois le chemin déblayé

D'hier à aujourd'hui
Nous souffrons d'un mal infini

La folie du pouvoir.

L'État Lâche

Comme des dents pourries
Exerçant sa force sur des bananes mûres
Nous traitons avec le plus grand mépris
Le petit peuple sans penser à ses blessures

Devant les pilleurs de la bonne société
Nous regardons ailleurs et nous tergiversons
Pendant que le pauvre va au pénitencier
Pour un vol de poulet et quelques provisions

Nous sommes un État lâche sans autorité
Pour assumer la moindre de nos missions
Comme la sécurité dans nos villes et quartiers
Où le peuple subit les pires tribulations

Le malheureux n'est pas l'ennemi des riches
Il désire simplement sa part de soleil
Au milieu des inconscients qui s'en contrefichent
Que ses enfants n'aient rien à manger au réveil.

La Femme

Pour le bien-être des siens elle s'abandonne
Oubliant parfois sa propre personne
Comme le ferait un ange du ciel

Il pleut à verse du bonheur
Naturellement dans son cœur
Remplissant chaque vie auprès d'elle

Nommée par le Tout-Puissant
Au commencement compagne d'Adam
La voilà si admirable la femme

Entouré alors de ses doux bras
L'homme plus seul dans son habitat
Captive est maintenant son âme.

Enfer Tropical

À chaque mouvement de résistance
Contre les semeurs de souffrances
Des nuages noirs s'amoncellent sur ma tête
Précipitant ma mort à coups de mitraillette

À l'annonce de chaque joute électorale
Une kyrielle de politiciens chacals
Me courtisent pour ensuite m'étrangler
Comme une vulgaire prostituée

Avec l'aide complice d'un État en perdition
Qui a failli dans sa mission de protection
Il pleut sans cesse dans mon quartier des armes
Le visage des mères est inondé de larmes

Déshumanisé depuis ma tendre enfance
Dans un pays en guerre contre l'espérance
Je n'ai connu que la fureur des méchants
Broyeurs de rêves et buveurs de sang

Je perds lentement le chemin du paradis
De l'amour du prochain et de la patrie
Car ici dans mon enfer tropical
Ma vie en vérité ne vaut que dalle.

12 Mars
(Pour Ariel)

Journée de peine
Journée de déveine
Où es-tu enfant
Ton absence bouleverse tes parents
Depuis ce jour leur cœur chagrine
Plus le temps passe plus l'espoir décline

Journée de douleur
Journée de malheur
Où es-tu gamin
La ville entière veut te donner la main
L'interminable attente est trop pénible
Ta disparition brise les cœurs sensibles

Journée obscure
Journée de blessure
Qui déchire l'âme
Quand certains sans grandeur d'âme
Dévoilent au monde leur inhumanité
Pendant que d'autres ne cessent de pleurer

Journée de souffrance
Journée de l'errance
Sans fin d'un fils porté disparu
Le vide total qui tue

Où es-tu petit un autre hiver s'installe
Le cœur de ta maman va mal.

La Force Des Mères

Il faut savoir apprécier
Tout le travail réalisé
Par ces grandes dames
Ces grandes âmes
Notre gratitude profonde
Aux mères du monde

Il faut leur dire merci
Pour les pénibles nuits
Durant lesquelles
À nos côtés elles
Sont restées éveillées
Seules à nous border

Il faut savoir respecter
Les mères fatiguées
Épuisées cassées
Par tant de corvées
Mais toujours debout
Malgré tout pour nous

Aujourd'hui je m'incline
Devant une créature divine
Avec des bras consolants
Au creux desquels l'enfant
Se réfugie pour pleurer

Sa peine vite calmée

Si l'homme se croit roi
C'est qu'elles ont été là
Pour lui bercer d'amour
Inlassablement nuit et jour
Qu'il fasse d'elles des reines
Les mères en valent la peine.

Vers D'espoir

Femme qui a tant d'amour à donner
Cœur généreux d'une immense bonté
Caressant le rêve de vaincre enfin la poisse
À toi ces vers d'espoir pour apaiser l'angoisse

« Dieu donne ses faveurs mais ne les répartit pas »
Pourquoi laisse-t-il ce dicton briser son aura
Quand on est en présence d'une iniquité
Avec sa Grâce divine Il peut bien réparer?

S'il est vrai que toute chose vient de Lui
Pourquoi donc le Seigneur qui a tant accompli
Exerçant son règne à la droite de son Père
Ne daigne pas exaucer tes multiples prières?

S'il est vrai qu'Il est le maître de l'existence
Pourquoi nous laisse-t-il douter de sa puissance
Devant cette dure et infinie attente
Qui noie ton âme dans une douleur latente?

« Dieu donne ses faveurs mais ne les répartit pas »
Ce dicton du terroir résonne comme un mantra
Dans ton cœur attristé qui ne cesse d'espérer
Une vie dans les entrailles une vie à donner.

Décombres

Dans le Grand Sud une des failles a bougé
Et le grondement lugubre de la terre qui tue
Nous replonge dans une tragédie pour pleurer
Une fois encore nos frères et sœurs disparus

Sous les blocs poussiéreux des cris retentissent
Des cris de douleurs et des appels à l'aide
De nos mains aidant et de quelques complices
Nous sauvons des vies par notre âme d'entraide

Si les médias se plaisent à décrire notre misère
Comme une vieille rengaine répétée à satiété
Le pays le plus pauvre de l'hémisphère
Est aussi une belle terre de solidarité

Face aux décombres nous ne faisons qu'un
Pour voler au secours de nos compatriotes
En fouillant dans nos rêves ce leader opportun
De nos calamités il en sera l'antidote.

Lucifer

Lucifer est mon nom
Je ne suis pas un homme bon
Ne cherche pas à comprendre
Va-t'en va-t'en sans attendre

Fuis-moi comme de la peste
Le temps fera le reste
Avec le temps on oublie tout
Les blessures et les mauvais coups

Lucifer est mon nom
En moi vit le démon
Ne cherche pas à comprendre
Va-t'en va-t'en sans attendre

Je suis le mauvais plan
Hors des plans du Tout-Puissant
Le ciel peut bien attendre
Je n'ai pas de compte à rendre.

Le Guitariste

Silence de mort
Ta guitare subitement se tait
Plus de sons plus d'accords
Ta voix disparaît à jamais

Je pleure l'absence d'une amitié
La mort d'un camarade
Je pleure la fin d'un talent inné
La mort de la sérénade

Plus jamais tes doigts lestes
Ne pourront jouer de l'instrument
Les souvenirs c'est qui me restent
De nous à Port-Salut grandissant

Pour célébrer ta vie
Et te garder toujours dans ma tête
Je t'envoie jusqu'au paradis
Ces vers puisés de mon âme de poète.

Le Battant

Tu es venu avant la date prévue
Pour un nouveau combat et tu as survécu
Beaucoup disent la gloire est au Tout-Puissant
Je préfère dire bravo à un bébé battant

Certains voient la lumière du jour en bonne santé
D'autres viennent et s'en vont pour l'éternité
On continue à voir la volonté de Dieu
Tu as vaincu le temps en bébé valeureux

Demande-leur de m'excuser cher neveu
Si je n'arrive pas à penser comme eux
Des journées d'angoisse dans une couveuse
C'est un désir divin dans sa grâce majestueuse

Oui j'ai eu peur en te voyant dans cet état
Derrière les baies vitrées le corps câblé et las
Quel sens a cette épreuve pour un fragile enfant
Mystère de la vie donc on regarde vers l'avant

Pour toi spécialement j'écris ces quelques mots
J'aurais pu pour ton baptême les clamer tout haut
En souvenir du dur combat que tu as mené
Car tu n'as pas choisi avant terme d'être né

J'aurais pu en pleine chaire les crier au micro

Saluer ta force d'être passé par tant de maux
Donner place cette fois au courage de l'humain
À un bébé vaillant qui est revenu de loin

Mais c'est difficile d'aller à contre-courant
Tu le sauras à coup sûr une fois devenu grand
De ne pas vouloir rendre le crédit au divin
Surtout pour les bons coups et quand tout va bien

Petit à petit l'oiseau fait sûrement son nid
Le corps se développe le système se fortifie
Aujourd'hui dans le Christ tu es né de nouveau
Tes parents t'ont porté sur les fonts baptismaux

Dieu est grand tes parents le croient fermement
Honore-les comme le veut le divin commandement
Continue tous les jours de mener ta bataille
La vie est si fragile poursuis donc ton travail

Parce que le plus grand respect est dû à l'enfant
Comme disait le poète Juvénal en son temps
Je cueille ce respect chargé de pétunias
Pour m'incliner devant ta force de combat.

Petite Fleur

Je cherche mes mots
Pour te le dire simplement
Dans un langage d'enfant
Tu es mon plus beau cadeau

Quand je t'entends parler
Mon cœur déborde de joie
Je me sens comme un roi
Dans mon royaume enchanté

Tu es venue à la lumière
Le premier jour de la saison des fleurs
Pour combler d'un éternel bonheur
Un homme nouveau et fier

Tu es mon bâton de vieillesse
Sur qui je prendrai appui
Lorsque les années de la vie
Viendront prendre ma jeunesse

Que ta vie rayonne de gaieté
Dans la quête de tes rêves
Et si jamais le vent se lève
Je serai toujours là à tes côtés.

L'enfant Bleu

La malchance du destin
Je suis un enfant bleu
Sous un voile ombrageux
Quand la détresse m'étreint

L'anxiété mon ennemi
Je suis un enfant bleu
La brume me rend anxieux
Quand le bleu du ciel devient gris

Les émotions m'accablent
Je suis un enfant bleu
Quand les larmes noient mes yeux
Mon mal-être devient considérable

L'intelligence particulière
Je suis un enfant bleu
La fureur de mes nerfs en feu
Me fait perdre les bonnes manières

Le choc des perceptions
Je suis un enfant bleu
C'est difficile et combien douloureux
Lorsque diffèrent nos compréhensions

Ma route est pleine d'embûches

Je suis un enfant bleu
Tenez-moi la main cœur généreux
Patiemment avant que je ne trébuche.

Elle

Elle est une grande dame
À la beauté d'une flamme
Au monde elle est venue
En face de la mer à Port-Salut

Elle a le souvenir de ses parents
Dans son cœur à chaque instant
Elle est d'une grande sensibilité
Avec une âme pleine d'humanité

Elle est quelquefois nonchalante
Elle n'est pas du tout exigeante
De sa mère au repos dans les cieux
Elle est la prunelle de ses yeux

Elle peut donner tout ce qu'elle a
Sans être sotte pour cela
Elle tient aux siens plus que tout
Elle aime sa famille jusqu'au bout

Elle a un teint de caramel
Elle aimerait visiter la Citadelle
La grande fierté de ses ancêtres
Elle rêve de voir Haïti renaître

Elle a un cœur colossal

La souffrance du pays lui fait mal
Elle plaint la dérive de l'espoir
De la première République noire

Elle aurait voulu être milliardaire
Pour s'attaquer à la grande misère
En attendant que la fortune lui sourit
Elle est tout simplement Sissi.

Vague À L'âme

En attendant tranquillement
Que passe le mauvais temps
La poésie ma seule compagne
Avant que l'amour m'accompagne

Qu'elle m'accompagne les bras ouverts
Dans un lit chaud à l'abri de l'hiver
Jusqu'au temps de la flétrissure de ma peau
Le temps inéluctable de l'éternel repos

Où es-tu donc femme
Pour apaiser ce temps de vague à l'âme
Par de doux baisers au cœur de mes maux
Dans mon âme il est temps qu'il fasse beau.

Le Bal Des Larbins

Jeu de positionnement malsain
Au royaume des petits coquins
Imposteurs bloquant le lever du soleil
Sur le chemin de la conscience qui sommeille

Les larbins ont la cote et mènent le bal
À l'intérieur même de la cathédrale
Où l'on chante les funérailles du caractère
Hérité des braves hommes de Vertières

Chacun à sa façon se positionne
Sur le dos des autres on postillonne
Pour être dans les bonnes grâces du roi
La faim chasse le loup hors du bois

Les marches infâmes de la trahison
Font grimper vers de belles fonctions
Les hommes vivant de la courbette
Ce pays ne cesse d'engloutir les fortes têtes.

Les Restes

Donner au peuple les restes
Monsieur le Président y voit un noble geste
Vite donner lui donc des miettes
Pour qu'il mette dans son assiette

Donner au peuple les restes de table avariés
Pour l'empêcher de se révolter
Donner aux corrompus toute la liberté
Pour faire de l'État leur propriété privée

Donner au peuple les restes du verbiage
Électoral pour l'enliser dans le chômage
Donner aux amis un boulevard de copinage
Pour continuer tranquillement le pillage

Donner au peuple les restes insignifiants
De la justice dans les quartiers violents
Donner aux oligarques des terres immenses
Pour continuer à vivre dans l'opulence.

Donner au peuple les restes en décomposition
Du cadavre de nos principales institutions
Donner en valet obséquieux à l'OEA
Un vote infâme contre le frère Venezuela

Donner au peuple les restes de la démocratie

Et de nos valeurs morales à l'agonie
Donner aux gangs toute la bénédiction
De l'État voyou pour semer la désolation.

Nostalgie

Ici loin de ma terre le temps est froid
Mon regard blême par la fenêtre
La neige fait environ vingt centimètres
Mon âme pleure à demi-voix

Ici cette nature froide qui tue les fleurs
Réveille la nostalgie qui me guette
Dehors le drap blanc de la tempête
Assombrit la gaieté de mon cœur

Ici il manque à ce paysage monotone
La vie qui bouge sous un soleil brûlant
La voix musicale des marchands ambulants
Et le bruit des tap-tap bariolés qui klaxonnent.

La Force Des Mots

Il nous faut
La force des mots
Pour éveiller la conscience
De ceux qui vivent dans l'opulence
Pendant qu'en Afrique
Des enfants squelettiques
Dans l'indifférence trépassent
Chaque jour qui passe
Loin des projecteurs des grands médias
Les images de famine ne payent pas
Hélas à l'heure du souper
Silence de mort sur le cri désespéré
Des millions d'affamés
Dans la Corne de l'Afrique desséchée

Il nous faut
La force des mots
Pour cracher notre haine
Pour écrire notre peine
Des mots pleins de fiel
Pour crier aux portes du ciel
Notre déception du Tout-Puissant
Impuissant face au calvaire des enfants
N'ayant que la peau sur les os
Souffrant de tant de maux
Abandonnés par les anges et les saints

Sans protection de Celui qui est Oint
Complice présumé de leur supplice
Comme s'ils n'étaient pas ses fils

Il nous faut
La force des mots
Des mots violents
Des mots tranchants
Pour vilipender écorcher
Comme un supplicié
Les bandits cravatés
Fossoyeurs de la liberté
Semeurs de la pauvreté
Sur un continent prisonnier
Du sous-développement
De la mainmise de l'Occident
Prédateur froid et insensible
Devant les famines terribles
Qui condamnent à la mort
Des enfants pourtant nés sur de l'or

Il nous faut
La force des mots
Des mots pour dénoncer
Apostropher et condamner
Cet Occident spoliateur
Confinant l'Afrique aux horreurs

De la misère sans fin en soutenant
Perpétuellement des dirigeants
Massacreurs de peuples et corrompus
Des pilleurs de l'État et des vendus.

Vers Pétrocaribe

La laideur s'empare de notre ciel
La déception nous laisse un goût de fiel
Les gangs barricadent la vie de nos quartiers
Où est passé l'argent du pétrocaribe?

Des millions de frères ne mangent pas à leur faim
Dans les hôpitaux on crève par manque de soins
Les malades dorment à même le sol souillé
Où est passé l'argent du pétrocaribe?

Plus de trois milliards de dollars dilapidés
Dans des stades imaginaires et autres futilités
Par des dirigeants kleptomanes parachutés
Où est passé l'argent du pétrocaribe?

Les tueurs d'espoir nous poussent à l'exil
Vers l'affront du Texas après un long péril
Pour revenir en enfer mourir en déporté
Où est passé l'argent du pétrocaribe?

La misère brille de tous ses feux maudits
La gangrène immorale s'étend sur le pays
Un horizon d'encre nous empêche de rêver
Où est passé l'argent du pétrocaribe?

Vers pétrocaribe pour dénoncer l'impunité
Et demander des cordes pour capturer
Les coquins coupables d'une telle indignité
Où est passé l'argent du peuple qu'ils ont volé?

J'accuse

J'accuse les grands potentats
De cette République de malfrats
Les méprisables flibustiers
Politiques de notre pauvreté
Des plurinationaux bourgeois
Se comportant comme des rois
Cyniques dans leurs villas
Si loin des pauvres dans les fatras
Et de l'insécurité de la capitale
Livrée à la violence bestiale

J'accuse les mains du Blanc
Qui ne met même pas des gants
Pour assassiner nos rêves
De bien-être sans trêve
Ces mains de mauvais sort
Qui tailladent sans cesse le corps
Dénudé de notre chère Haïti
Tel le fouet du maître honni
Provoquant jadis pleurs et cris
Comme au temps de la colonie

J'accuse les hommes sans honneur
Nègres domestiques de nos malheurs
Pour ce pays trompé bafoué
Démantibulé depuis tant d'années

Par des kleptomanes insatiables
Souffrant de la maladie incurable
Du pouvoir sans même une pensée
Pour la collectivité malmenée
Dans une misère tragique
Soumise à une gabegie chronique

J'accuse la politique machiavélique
Sans éthique qui tue la République
La zombification des citoyens
Par des malhonnêtes politiciens
L'égoïsme des élites complices
Pour cet interminable supplice
Sans une morale de dépassement
Dans ce chaos permanent
Afin d'offrir à nos enfants
Le rêve du salutaire changement.

Gold Digger

Un poète dans sa vie
N'est que mortel ennui
Un accident de parcours
Qui dans le vide discourt

La culture est vide de sens
Le matériel sa seule essence
Le pari est d'avance perdu
Pour quiconque non bien pourvu

Comment diable prendre soins
Et satisfaire les immenses besoins
D'une croqueuse de diamants
Sinon que de lui couvrir d'argent

Avec elle pas de dilemme
Le choix s'impose de lui-même
Le septième ciel à son passeport
Le voyage se paye au prix fort.

L'homme Naît Bon

Le jour se lève je pense
Aux problèmes de l'existence
À la nuit tombée je réfléchis
Aux malheurs de la vie
En ces temps de désolation
De crise et de désillusions

Alors je vois la décadence
Mettre à mort la bienséance
De tous bords tous côtés
Année après année
Même le petit bonjour
Disparaît de jour en jour

Alors je vois un monde
Où la méchanceté abonde
Et l'enfant à peine né
Crache sur les aînés
Tombe dans la délinquance
Bascule dans la violence

Les parents jettent l'éponge
La douleur afflige et ronge
Le cœur brisé de la mère
Très amère et en colère

Contre cette chienne de vie
Qui dans la détresse l'engloutit

Mais dans ce monde d'affolement
Vit une âme pleine de dévouement
Avec le cœur sur la main
Faisant de l'amour seul du prochain
Toujours sa raison d'exister
Dans un élan de solidarité

Cette âme qui brille au loin
Est celle du bon samaritain
Venant renforcer ma conviction
Que l'homme en vérité naît bon
C'est bien la société
Qui pervertit son humanité.

L'été

L'été s'installe enfin
Le temps des grillades bat son plein
Joyeuses retrouvailles entre amis
Autour d'une bonne bouteille de whisky

Le ciel est clair au-dessus de ma tête
La cour s'anime ambiance de fête
Les enfants courent dans tous les sens
Dans la piscine certains se lancent

Il fait chaud en ce début de juillet
L'eau ou l'alcool sont agréables au palais
Sur la grille le steak m'appelle bien rôtie
L'odeur du barbecue excite l'appétit

Le grillardin me sert copieusement au vol
Le jeu de dominos prend son envol
Des discussions s'enchaînent enflammées
Sur presque tout et presque rien vive l'été.

Ils Ont Volé Mon Vote

Ils ont volé mon vote
La démocratie sanglote
La mort de mon droit de choisir
Le leader en qui confier l'avenir

Pour mon pays tant aimé
Un dirigeant qui saura l'élever
À la hauteur de son histoire
Auréolée d'Ancêtres méritoires

Le crime est toujours bien monté
Mortellement bien orchestré
Car les résultats dévoilés
Ne reflètent pas la réalité

Élection après élection
Un Conseil électoral croupion
À la solde de l'international
Me maintient dans un état vassal

Les chiens de garde plurinationaux
Veillent toujours au statu quo
Mes protestations réprimées
Mes longs cris ignorés

Cependant un jour viendra
Je ferai alors parler ma loi
Devant le vol abusif de mon vote
Je trouverai finalement l'antidote

Par un matin de grande révolte
De leurs semences ils auront la récolte
Dans l'ultime méthode qui déracine
Comme celle jadis de Dessalines.

Sa Mère L'homme Quittera

Le soleil caresse ta beauté
À chaque matinée
Par la fenêtre illuminée
De la chambre à coucher

Je me sens comblé
De t'avoir à mes côtés
Moment de pur bonheur
Comme un baume sur le cœur

Sa mère l'homme quittera
À sa femme il s'attachera
Dépose ton cœur entre mes mains
Pour de meilleurs lendemains

Toi mon ange gardien
Ma lumière au quotidien
Ensemble nous marcherons
Et vaincrons nos démons.

Confinement

Dans l'angoisse du confinement
En ce début de printemps
Le temps marche à pas lent
Pour fuir le stress et briser l'isolement
Rien de mieux qu'une promenade de santé
Quand le soleil expose sa beauté

La nuit tombée
Mon sommeil est submergé
Des récits de vies fauchées brutalement
Et des images tristes d'enterrement
Alors me vient une pensée
Pour la planète endeuillée

Ça va bien aller

Dans le nécessaire confinement
En ce début de printemps
Se défile dans ma tête la multitude
De chiffres chocs amenant l'inquiétude
Pour ceux que j'aime
Et pour moi-même
Pour Haïti et la mère Afrique
Terres magiques
Au passé glorieux

Mais au présent douloureux
Terres appauvries et mal parties
Pour combattre la maudite pandémie
J'espère pour elles que tout ira mieux
Avec l'aide des dieux.

Dieu Est Mort

Un virus surgit et déshabille
Promptement la foi qui vacille
Les portes des églises barricadées
La communauté confinée

De nombreux fidèles effrayés
Ne peuvent plus se rassembler
Comme des moutons pour le rituel
Les prières n'atteignent plus le ciel

L'Évangile se tait et ses marchands
Impatients frôlent le coup de sang
Loin de leur lucratif commerce
Le virus perturbe le bizness

Plus de messe dans les cathédrales
Plus d'adoration théâtrale
Par des apôtres faiseurs de victimes
Dans des temples collecteurs de dîmes

Plus de corbeilles dans les rangées
Pour dépouiller lors des assemblées
La vérité est enfin révélée
Aux religieux du monde désappointés

Une vérité quasi certaine
Dieu est mort durant la quarantaine
Dans la vague de ses enfants qui passent
Dans l'autre monde un jour de mars.

La Résurrection

Propagateurs d'une foi factice
Les prophètes autoproclamés
À la venue d'ARN messager
Reprennent du service

L'abrutissement spirituel des esprits
Est sans conteste bien assuré
Les cerveaux lents encore plus ratatinés
Dans des temples de nouveau remplis

L'Évangile retrouve son génie
La force divine redore son blason
Devient victorieuse du démon
À coups de versets bien choisis

La théologie sans conscience
Laisse sur le perron en quarantaine
Des églises rouvertes pour la Sainte-Cène
Le raisonnement lumineux de la science

Au nom du Christ ressuscité
Le paradis revient en vente dans le décor
Aux fidèles déconfinés au prix fort
Dieu merci nous sommes sauvés.

Cri Du Coeur

Que d'occasions manquées
Pour un décollage tant souhaité
Un bonheur longtemps refusé
À ce pays fier et martyrisé
Où jadis des hommes braves animés
Par l'amour de la liberté
Avaient osé revendiquer
Devant l'histoire leur humanité
Maintenant le monde rit de nous
Devenus depuis des oiseaux fous
Peuple incapable de s'élever
Est-ce bien cela notre destinée

Depuis déjà trop longtemps
Nous assistons les bras ballants
Le regard plein de fatalité
À la mise à mort de l'union sacrée
Des Noirs et des Mulâtres
Pour l'épopée de Mille-huit-cent-quatre
Notre visage trop longtemps voilé
Dans une société dépravée
Sans mémoire ni miroir
Pour simplement ne pas voir
L'abîme de nos rancœurs

Et l'immensité de notre laideur

Trop d'armes à feu en circulation
Sèment partout la désolation
Le pays des héros de Vertières
Se transforme en un cimetière
Où des bandits sans aveu
Téléguidés par des dirigeants véreux
Soufflent sur nos villes un vent mortuaire
Des officiels couvrent leurs arrières

Depuis le temps de l'homme d'airain
Nous récitons le même refrain
La Première République noire
Elle est plongée dans le désespoir
Depuis la victoire des vengeurs de la race
Les Nègres libres sont devenus rapaces
L'État la mangeoire attire les requins
La politique engendre des malandrins
Transforme les bergers en loups
Et le peuple s'enlise dans la boue

Il est temps de nous donner la main
Pour de meilleurs lendemains
Sacrifions d'un côté nos suffisances
Et de l'autre nos intransigeances
Servons-nous du *konbitisme*
Pour une Haïti pleine d'humanisme
Cultivons l'amour et la fraternité

Perçons ensemble des brèches d'unité
Dans nos murailles de haine
Arrêtons de vivre comme des hyènes
Livrant au monde l'image flétrie
D'une République toujours à l'agonie.

Que Deviendrait Le Poète?

Que deviendrait le poète
Si un jour dans sa tête
La pensée s'égarait
Pour s'en aller dans le trajet
De la mémoire qui flanche
Devant une feuille blanche?

Que deviendrait le poète
Si un jour dans sa tête
Déraillait la force des mots
Pour qu'il clame tout haut
Par la voix de sa plume
Les maux qui le consument?

Que deviendrais-je
Si un jour aucun florilège
Poétique ne naissait en mon esprit
Oubliant la trame de ma vie
Le cri des sentiments qui dansent
Le rythme de mon existence?

About the Author

Junold Saint-Cyr

Né à Port-Salut, dans le Sud d'Haïti, Junold Saint-Cyr est diplômé en histoire de l'Université du Québec à Montréal. Il est l'auteur d'un roman, La somme des espérances, publié en 2020 aux Éditions Dédicaces. Il vit au Québec.

www.ingramcontent.com/pod-product-compliance
Lightning Source LLC
LaVergne TN
LVHW041537070526
838199LV00046B/1701